AF332280

LE GÉNIE

AUX PRISES

AVEC LA FORTUNE,

OU

LE POÈTE

MALHEUREUX,

Pièce qui a concouru pour le Prix de cette année.

Barbarus... ego sum quia non intelligor illis.

PAR M. GILBERT.

A AMSTERDAM.
1772.

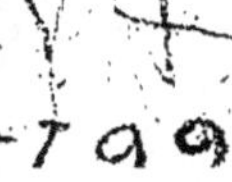

PREFACE.

Pourquoi mettre au jour un Ouvrage rejetté par l'Académie Françaife ? Les lumières, la juftice de ce Corps refpectable peuvent-elles être fufpectes ? Que voulez - vous, amis Lecteurs. N'eft-il pas vrai que vous êtes tous bons Catholiques ? Cependant croyez-vous tous à l'infaillibilité du Pape ? L'Académie, qui n'eft point affurément infpirée du Ciel, n'auroit-elle donc pû fe tromper ? N'avez - vous pas cent fois annullé fes jugemens ? Par exemple, s'il vous en fouvient, elle couronna l'année dernière un Ouvrage dont je crois me rappeller le titre. C'eft, c'eft... *les talens dans leur rapport avec le bonheur & la fociété.* Le Public défapprouva fon choix, & fiffla fans pitié le Poëme qu'on nous avoit annoncé comme un chef-d'œuvre. Or je vous demande, fi par une raifon contraire, il ne feroit pas poffible qu'un Ouvrage fût trouvé bon, quoique ce Tribunal, d'ailleurs très-équitable, l'ait jugé indigne du prix. Je ne prétends point l'avoir mérité : j'ai lu deux Pièces envoyées au concours, dont j'aurois vu couronner l'auteur avec plaisir. Il en est sans doute encore d'autres qui pouvoient être distinguées. Mais que parmi tant de rivaux, le Public nomme un vainqueur. Puisque l'Académie garde le silence : c'est à lui seul de nous juger ; & sa décision toujours juste, vengera bien les offensés.

Je sais combien ma franchise va me susciter d'ennemis ; je connois leur pouvoir : mais quand on a le courage de dire la vérité, on sait souffrir avec constance tous les maux que peut nous causer cette noble audace. Un temps viendra peut-être où j'oserai davantage. Je dirai que M. de Voltaire, Membre d'un Corps autrefois composé des Racine, des Corneille, des Dépréaux, &c. est pour la Poésie Française ce que Séneque fut pour l'Éloquence Latine. Je dirai que ce Corps, fait pour donner l'exemple du bon goût, encourage tous les deux ans nos Auteurs à s'affranchir du joug de la rime, oubliant que *jamais mauvais rimeur ne fut un bon poëte* ; que le célèbre Fontenelle, qui connoissoit parfaitement les licences permifes à la Poéfie, fe plaignit autrefois à l'Académie affemblée, des mêmes abus que je lui reproche aujourd'hui. Mrs Marmontel, d'Alembert ont bien écrit que Boileau *n'a ni verve, ni fécondité;* que Racine, en peignant l'amour, *parloit plus en métaphyficien, qu'en homme fenfible;* que Rouffeau *ne faifoit que des vers.* Telle eft leur opinion; on leur pardonna de l'avoir expofée. N'aurois-je donc pas le même privilége? Revenons à mon Ouvrage.

Plufieurs gens de lettres d'un grand mérite m'ont paru trouver le fujet vicieux. Ils peuvent avoir raifon; mais l'Académie n'a point dû rejetter ma Piece, par ce motif. N'a-t-elle pas couronné LE POÈTE? Cette Épitre & la mienne ont le même fond. L'Auteur dans l'une promet à fon ami de lui *tracer les caractères* * du Poëte. Dans l'autre le Poëte fe peint lui-même. Je l'ai fuppofé malheureux, pour donner à mon Ouvrage un autre mérite; & ma Pièce en effet a cet avantage fur celle de mon antagonifte, qu'elle

* Terme impropre: On ne mèt ordinairement *caractère* au pluriel que pour fignifier *A, b, c, &c.*

a un intérêt plus général, parce que le nom-
bre des Poëtes eſt bien moindre que celui des
infortunés. Au reſte , je prie M. de la Harpe
d'aſſurer dans ſon prochain Mercure que mes
vers ſont déteſtables , car les ſiens me ſemblent
fort mauvais.

> *Fractus ſi labatur orbis ,*
> *Impavidum ferient ruinæ.*

LE POETE MALHEUREUX.

Vous que l'on vit toujours chéris de la fortune,
De succès en succès promener vos desirs,
Un moment, vains mortels, suspendez vos plaisirs :
Malheureux. . . . . . ce mot seul déjà vous importune ?
On craint d'être forcé d'adoucir mes destins ?
Rassurez-vous, cruels ; environné d'alarmes,
J'appris à dédaigner vos bienfaits incertains,
Et je ne viens ici demander que des larmes.

Savez-vous quel trésor eût satisfait mon cœur ?
La gloire : mais la gloire est rebelle au malheur,
Et le cours de mes maux remonte à ma naissance.
Avant que dégagé des ombres de l'enfance,
Je pusse voir l'abîme où j'étois descendu,
Père, mère, fortune, oui, j'avois tout perdu.
Du moins l'homme éclairé prévoyant sa misère
Enrichit l'avenir de ses travaux présens ;
L'enfant croit qu'il vivra comme a vécu son père,
Et tranquile ; s'endort entre les bras du temps.

A iiij

La raison luit enfin, quoique tardive à naître.
Surpris, il se réveille, & chargé de revers,
Il se voit, sans appui dans un monde pervers,
Forcé de haïr l'homme, avant de le connaître.

SAISON de l'ignorance, ô printemps de mes jours !
Faut-il que tourmenté par un instinct perfide,
J'aye, à force de soins, précipité ton cours,
Trop lent pour mes desirs, mais déjà si rapide !
Ou faut-il qu'aujourd'hui sans gloire & malheureux,
Jusqu'à te desirer, je rabaisse mes vœux :
Pareil à cet aiglon qui de son nid tranquile,
Voyant près du soleil son père transporté,
Nager avec orgueil dans des flots de clarté,
S'éleve, bat les airs de son aile indocile,
Retombe, & ne pouvant le suivre que des yeux,
En accuse son nid, & d'un bec furieux,
Le disperse brisé, mais en vain le regrette,
Quand égaré dans l'ombre, il erre sans retraite.

MAIS on admire, on aime, on soutient les talens ;
C'est en vain qu'on voudroit repousser leurs élans :
Sur ses pâles rivaux renversant la barrière,
Le Génie à grands pas marche dans la carrière.

C'EST vous qui l'assurez : & moi que les destins
Ont toujours promené sur la scène du monde,
Je dis : (& ma jeunesse en naufrages féconde,
Etudia long-tems les perfides humains,
Apprit où s'arrêtoient les forces du génie :)
« Le talent rampe & meurt, s'il n'a des aîles d'or,
» Ou vendant ses vertus rare & noble tresor,
» Leve un front couronné de gloire & d'infamie. »

QUE ne puis-je, ô mortels, être accusé d'erreur !
Quel que soit mon orgueil, oui, j'aimerois à croire
Que j'ai par trop d'audace irrité mon malheur;
Que je frappois sans titre aux portes de la gloire:
Il en coûte à mon cœur de vous croire méchans;
Mais expliquez, cruels, l'énigme de ma vie
Ou rendez-moi raison de votre barbarie.
Dieu plaça mon berceau dans la poudre des champs;
Je n'en ai point rougi: maître du diadème,
De mon dernier sujet j'eusse envié le rang,
Et honteux de devoir quelque chose à mon sang,
Voulu renaître obscur, pour m'élever moi-même.
A l'âge où la raison sommeille, oisive encor,
La mienne impatiente ose prendre l'essor:
Au nom seul d'un grand homme on voit couler mes larmes,
Grand Dieu! ne puis-je encor m'élancer sur ses pas?
Condé bégaye à peine, il demande des armes,
Et déjà plein de Mars, respire les combats....
Donnez-moi des pinceaux. Qu'exiges-tu d'un père?
Mon fils, crois-moi, surmonte un penchant téméraire:
Tu veux chercher la gloire? Hé! ne sais-tu donc pas
Que les plus grands talens y montent avec peine,
Que noircis par l'envie, accablés par la haine,
Tous ont vu le bonheur s'échapper de leurs bras?
Songe au sort de Milton, songe au destin d'Homère;
L'homme, ingrat de leur tems, a-t-il changé depuis?
Ah! mon fils, je suis pauvre & tu n'as plus de mère,
Bientôt tu vas me perdre, où seront tes appuis?
Mon fils, crois-moi, mon fils, sors de ton indigence,
Et vers la gloire alors dirige tes travaux:
Au nom de tous les soins qu'on prend de ton enfance,
Par mes cheveux blanchis. —— *Donnez-moi des pinceaux.*

Hé bien ! vis à ton gré. Je te livre à toi-même,
Ingrat, mais en suivant ta folle passion,
Crains un père, reçois sa malédiction.
Vous pleurez… ah ! mon fils,… votre père vous aime :
Ecoutez. – *Des pinceaux !* Moi, sillonnant les mers,
J'aurois donc sur la foi du Zéphir infidèle,
Poursuivi la fortune au bout de l'Univers ;
Et peut-être pour prix de mon avare zèle,
Enterré sous les flots, en revenant au port,
Et mes jours & mon nom qui peut vaincre la mort ?
Qu'à son gré l'opulence, injuste & vile amante,
Berce sur le damas ce parvenu grossier,
Et laisse le Poëte, à l'ombre d'un laurier,
Charmer par ses concerts le sort qui le tourmente !
Il n'est qu'un vrai malheur, c'est de vivre ignoré.
L'homme brille un moment, & la tombe dévore
Les titres fastueux dont on fut décoré,
Nos maux, & ces plaisirs que le vulgaire adore :
Tout périt sous la faulx de la mort ou du temps ;
Mais la gloire du-moins que l'homme a méritée
Survit à son trépas & s'accroît par les ans,
Et loin de les flétrir, la fortune irritée
Ajoute un nouveau lustre aux talens glorieux.

RACINE, dieu des Vers ! Corneille, esprit sublime !
Vous pouvez effrayer un cœur pusillanime ;
Peut-être avec dédain vos manes radieux
Du haut des monts sacrés regardent qui nous sommes,
Mais, si j'en crois mon cœur, on peut vous égaler ;
Le Ciel en vous formant voulut se signaler,
J'y consens, mais enfin vous n'êtes que des hommes.

Ainsi je m'abusois. Sans guide, sans secours,
J'abandonne, insensé, mon paisible village
Et les champs où mon père avoit fini ses jours.
Cieux, tonnez contre moi, vents, armez votre rage,
Que vide d'alimens mon vaisseau mutilé
Vole au port sur la foi d'une étoile incertaine
Et par vous loin du port soit toujours exilé !
Mon asyle est par-tout où l'orage m'entraîne.
Qu'importe que les flots s'abyment sous mes piés ;
Que la mort en grondant s'étende sur ma tête ;
Sa présence m'entoure ; & loin d'être effrayés,
Mes yeux avec plaisir regardent la tempête ;
Du sommet de la poupe, armé de mon pinceau,
Tranquile, en l'admirant j'en trace le tableau.

Je n'avois point alors essuyé de naufrage,
Mon génie abusé croyoit à la vertu ;
Et contre les destins rassemblant son courage,
Se nourrissoit des maux qui l'avoient combattu.
« Mon sort est d'être grand, il faut qu'il s'accomplisse ;
» Oui, j'en crois mon orgueil, tout, jusqu'à mes revers ;
» Qui de ceux dont la voix éclaira l'Univers,
» N'a point de la fortune éprouvé l'injustice ?
» Un Dieu, sans doute un Dieu m'a forgé ces malheurs
» Comme des instrumens qui peuvent à ma vue
» Ouvrir du cœur humain les sombres profondeurs,
» Source de vérités, au vulgaire inconnue.
» Rentrez dans le néant, présomptueux rivaux ;
» Ainsi que le soleil dans sa lumiere immense,
» Cache ces astres vains, levés en son absence,
» Je vais vous effacer par mes nobles travaux. »
Mon ame, (quel orgueil, grand Dieu ! l'avoir séduite) ;

Dévoroit des talens le trône révéré,
Et dans tous les objets dont je marche entouré,
Ma gloire en traits de feux déjà me semble écrite.

PRESTIGES que bien-tôt je vis s'évanouir !
Doux espoir de l'honneur ! trop sublime délire !
Ah, revenez encor, revenez me séduire,
Pour les infortunés espérer, c'est jouir.
Je n'ai donc en travaux épuisé mon enfance,
Que pour m'environner d'une affreuse clarté
Qui me montrât l'abîme où je meurs arrêté.
Ne valoit-il pas mieux garder mon ignorance !

TROP heureux Philemon, s'il connoît son bonheur !
Fidèle au rang obscur qu'il reçut de ses pères,
Long-tems de sa jeunesse il voit briller la fleur ;
Et cultivant en paix ses champs héréditaires,
Ne craint pas que toujours ses efforts abusés
Laissent tomber son corps, privé de nourriture :
La terre au jour marqué lui rend avec usure,
Les trésors qu'en ses flancs il avoit déposés.
Il n'a point, il est vrai, vu nos cités immondes,
D'où le Grand étonné de ses vastes besoins,
De leurs productions épuisent les deux Mondes.
Nos Sciences, nos Arts, étrangers à ses soins,
Ne l'ont point dépouillé de ses mœurs ingénues.
Roulez en char brillant votre heureux déshonneur,
Jamais de Philemon vous ne serez connues,
Beautés, dont on nourrit les vices sans horreur :
Tandis que les talens, amis de l'innocence,
Méconnus, repoussés dans leur premier essor,
Tombent découragés, & meurent d'indigence
Sous l'ombre d'un laurier qu'on leur dispute encor.

Ce protecteur qui marche en semant les promesses,
Même en trompant ses vœux, l'abaissa-t-il jamais ?
Burrhus qui va comptant les ingrats qu'il a faits,
Lui vient-il reprocher ses honteuses largesses ?
Au malheureux toujours on trouve des forfaits,
Et les plus généreux vendent cher leurs bienfaits.
Pour qui les verds bosquets ouvrent-ils leurs ombrages ?
Les tranquiles étangs, les tortueux vallons,
Les antres toujours frais, les ruisseaux vagabonds,
Les chants du peuple ailé, ses jeux dans les feuillages,
Le paisible sommeil sur des lits de gazon,
La justice, la paix, tout rit à Philemon.
Oh ! combien j'eusse aimé cette beauté naïve,
Qui d'un époux absent pressentant le retour,
Rassemble tous les fruits de son fertile amour,
Dirige des aînés la marche encor tardive,
Et portant dans ses bras le plus jeune de tous,
Vole au bout du sentier par où descend leur père ;
Elle le voit : grand Dieu, dérobe à ma misère
L'aspect de leurs plaisirs dont mon cœur est jaloux...
N'est-ce donc point assez des tourments que j'endure !
Quoi ! je porte un cœur noble, & d'un œil plein d'effroi,
Je lis sur tous les fronts le mépris & l'injure ?
Le dernier des mortels est plus heureux que moi ?
Ah ! brisons ces pinceaux ! tombe, lyre inutile !
Périsse un monde injuste ! Et toi qui m'as perdu,
Gloire, phantôme ingrat, à la brigue vendu,
Va, je perds sans regret ta couronne futile,
C'est le prix de l'intrigue, & je ne puis ramper.

Si pourtant les destins cessoient de me frapper...
Des hommes quelquefois l'injustice se lasse...

Je puis être du moins fameux par mon audace !
Oui, tremblez, fiers rivaux, détournez vos mépris ;
L'intrépide lion dans un piége surpris,
S'irrite du danger, & de sa dent ténace
Ronge en grondant la toile où lui-même s'enlace ;
Se roule, & peut enfin par un dernier effort,
La briser, s'échapper, & prodiguant la mort
Au peuple de chasseurs qui l'attaque & le brave,
Marcher, Roi des forêts qui le virent esclave.
Vain espoir ! qu'ai-je dit ? hélas ! sans de longs jours,
Le poëte languit dans la foule commune,
Et s'il fut en naissant chargé de l'infortune,
Si l'homme, pour lui seul avare de secours,
Refuse à ses travaux même un juste salaire ;
Que peut-il lui rester... ô pardonnez, mon père,
Vous me l'aviez prédit... je ne vous croyois pas.
Ce qui peut lui rester ? la honte & le trépas.

C'EN est donc fait : déjà la perfide espérance
Laisse de mes longs jours vaciller le flambeau.
A peine il luit encor, & la pâle indigence
M'entr'ouvre lentement les portes du tombeau.
Mon génie est vaincu : voyez ce mercenaire
Qui, marchant à pas lourds dans un sentier scabreux,
Tombe sous son fardeau. Long-tems le malheureux
Se débat sous le poids, lutte, se désespère,
Cherchant au loin des yeux un bras compatissant :
Seul il soutient la masse à demi soulevée,
Qu'on lui tende la main, & sa vie est sauvée.
Nul ne vient, il succombe, il meurt en frémissant !
Tel est mon sort. Bientôt je rejoindrai ma mère,
Et l'ombre de l'oubli va tous deux nous couvrir !

O RIVES de la Saône où ma faible paupière
A la clarté des cieux commença de s'ouvrir,
Lieux où l'on sait au moins respecter l'innocence,
Vous ne me verrez plus ! Mon dernier jour s'avance,
Mes yeux se fermeront sous un ciel inhumain.
Amis !.. vous me fuyez ?.. cruels ! je vous implore,
Rendez-moi ces pinceaux échappés de ma main....
Je meurs ....ce que je sens, je veux le peindre encore,

F I N.